雨珠的坠落比蔷薇的花期更恒长
却比我离开前的回眸短暂

傅菲 著

不是每个人
可以遇见
蔷薇

山西出版传媒集团
北岳文艺出版社
·太原

图书在版编目(CIP)数据

不是每个人可以遇见蔷薇 / 傅菲著 . —太原：北岳文艺出版社，2024.4
ISBN 978-7-5378-6814-3

Ⅰ.①不… Ⅱ.①傅… Ⅲ.①诗集—中国—当代
Ⅳ.① I227

中国国家版本馆 CIP 数据核字（2024）第 005647 号

不是每个人可以遇见蔷薇
傅菲 / 著

出品人
郭文礼

选题策划
贾江涛

责任编辑
康 瑜

书籍设计
张永文

印装监制
郭 勇

出版发行：山西出版传媒集团·北岳文艺出版社
地址：山西省太原市并州南路 57 号
邮编：030012
电话：0351-5628696（发行部） 0351-5628688（总编室）
传真：0351-5628680
经销商：新华书店
印刷装订：山西人民印刷有限责任公司
开本：890mm×1240mm 1/32
字数：115 千字
印张：4.5
版次：2024 年 4 月第 1 版
印次：2024 年 4 月山西第 1 次印刷
书号：ISBN 978-7-5378-6814-3
定价：58.00 元

本书版权为本社独家所有，未经本社同意不得转载、摘编或复制

目录

第一辑

- 002 冬鸟
- 003 知更鸟
- 004 南方
- 006 亲爱的人
- 007 从来
- 008 孤岛
- 009 然后
- 011 省略
- 013 理由
- 014 流年
- 015 日落前
- 016 空房间
- 018 习惯
- 019 蝙蝠
- 021 秋天说了些什么
- 023 悲伤
- 024 最后的礼物
- 026 屋顶

	027	遗忘的旷野
	028	到了秋天
第二辑	030	天黑
	032	纪念日
	034	深夜坐火车去陌生的城市
	035	她常常对我说
	036	黄山冬景小记
	037	黄鼬之歌
	038	风吹
	039	朗读者
	040	河流上的背影
	041	雨后山冈
	042	十一月
	043	岔口
	044	描述
	045	春简
	046	亲爱的，春天
	047	春天如此简单
	048	月亮之歌
	049	三月十一日徒步去上饶城记
	050	养蜂人
	051	扬州词
	052	寄秋书

| | 053 | 每天早晨 |
| | 054 | 阙台 |

第三辑	056	与尔雅语
	057	萍
	058	骑闪电的人
	059	海
	060	细雨般的星空
	061	山谷
	062	月亮
	063	秋风散
	064	秋后的景象
	065	薄暮
	066	守墓人
	067	冬雨
	068	我愿意和一只飞蛾交换身体
	069	静夜
	070	暮薄
	071	甘棠小镇
	072	九华山黄昏短简
	073	甘露寺
	074	明月

第四辑　　　076　蔷薇

077　喜欢你种下的蔷薇……

078　滚过蔷薇的闪电

079　蔷薇小令

080　蔷薇的悲伤

081　手捧蔷薇的人

082　不是每个人可以遇见蔷薇

083　在蔷薇花凋谢前离开

084　十二株蔷薇

085　一夜

086　第一百封信

087　看秋天

088　回形走廊

089　夜行火车

090　二十四桥

091　傍晚

092　鸟窝

093　山居

094　譬如水滴

095　蜀冈

096　冬日寄诸友

097　钟声吹拂

098　大钟高悬

第五辑	100	信江
	101	早春
	102	大雪贴
	103	钟摆之声
	104	剩下的时间
	105	郊外的教堂
	106	码头
	107	秋风在吼叫什么
	108	二〇一三年一月四日大雪
	109	三江口
	110	剧场
	111	漆黑之远
	112	降低
	113	冻雨
	114	也是这样的秋天
	115	时光短笺
	116	与仙鹤散步
	117	对一只鸟抒情
	118	一只鹰在空中静止
	120	为上饶广场雕塑而作
	121	仙鹤
	122	大雪
	123	与友徐勇去罗桥横山看春天
	125	跋：边写边消失

第一辑

冬鸟

一只鸟站在一枝枯藤上
望着湖面
不叫,也不抖动翅膀
湖面被风吹起一层皱纹

鸟全身白色
眼睛乌黑,炯炯有神
它眨着眼睑
把里面的风挤出来

天开始下雪
坐在湖边一棵厚朴下
有一个上午了
我望着鸟,眼睛发酸

知更鸟

给鸟命名的人死于伤寒
他戴着斗笠,四季行走于南北
在树林吹着口哨
他看见的鸟儿多于星星

知更鸟,是他最后所见的鸟
蓝背红胸,清丽婉转
他瘦弱,胸口剧痛。他不哀怜
终将流逝,是万物的表现形式

南方

用木头,河石,瓦,溪流
青铜和阳光
给你建造一个南方
木桥跨在弧形的湾口
在一条石巷子的转角
还有一个菖蒲花园

在桥上,我们看见夕阳降落
钟声荡然,濯脚踝,也濯青莲
古老的铜钟里飞出两只白鹭
冬天,我们趴在窗前看雪
雪,一片一片积厚
浮起隐约的黄昏

我们一起在巷子里散步
我习惯了这样的时光
给你梳头,给你吹芦笛
抚摸你的耳垂,鼻子,手指
火柴点起你的纸烟

我喜欢你倚窗的姿势
慵倦,从容,冷漠
回眸一笑。你轻轻说

"又一年将尽"

南方的雪,没在春天到来之前
已经化了,溪流加快了流速
钟声残留着时间清瘦的影子
挤出水
房间里的炭炉已经冷却
白鹭掠过溪流,再也不回来

亲爱的人

亲爱的人,从来都不存在
存在过,也从来不真实
仍然叫你,亲爱的
你听不见。亲爱的两朵玫瑰
亲爱的河流在交叉
亲爱的,从不溢出眼角的泪水

你饱满的身体是远古的石井
死亡的,不朽的,黑暗的
都是我喜欢的
我喜欢井里咕咕冒泡的水
喜欢清凉的苔藓
喜欢水里苍凉的月亮

亲爱的
我学会了热爱自己
热爱食物
热爱慢慢冷下来的清水
热爱漫长的下半夜
热爱石井的孤独和遗世的冷清

从来

从来没有孤单的人和孤单的人
会幸福地生活在一起
从来没有除了爱,还有别的
大海散去,礁石落了几只海鸥
我从来就是一个愿意爱上别人的人
我需要释放光
以持续燃烧

孤岛

海平面慢慢摇晃,倾斜
海水漫过暗礁,漫过滩涂
漫过散去的人群,漫过无尽山冈
餐桌开始摇晃
沙发开始摇晃
床开始摇晃
海水从我的鼻孔灌了进来
从我的眼睛灌了进来
继续从我的耳朵灌了进来
我的脚鼓鼓的,里面全是海水
我的手鼓鼓的,里面也全是海水
海水注满曾干瘪的胸腔
我战栗,我晕眩,我肿胀
我全身有浪涛在汹涌
海水继续上涨
漫过了咽喉
将我窒息
我是那么的无助
完全是一座荒凉的孤岛
我在这个夜晚,深深陷入绝望

然后

下午,在整理你留下的物件
一个土陶药罐,一封旧信
水杯和一包画笔还放在书桌上
这是你第一次带来的
还记得你说的那句话:
"山川多彩,人易枯荣。"
我每天把水杯擦洗三次
放回原位
我还准备了一罐南山咖啡
一台老式收音机,我一直没调听
用棉布包起来,装在纸壳箱里
三支牙刷,两条毛巾
一把羊角梳子,五个银质发簪
七张镶框照片和《阿米亥诗选》
一件灰色的破边长裙
我一并装在小樟木箱里
用一把铜锁封存起来
这是你最真实的部分
带有体温和气味。我必须保管好
还有什么没整理出来呢?
从床底里,拖出一个旅行包
翻出两件内衣,一件淡蓝色一件粉白色
你常穿着它,从浴室里出来

头发湿漉漉地垂下来
想到这里,泪水一下子涌出来
我站在冰凉的房间里
回声四起
像一群回旋的鸽子
然后,我把地上的灰尘扫起来
用玻璃罐密封。这是你最后留下的
我会带走
带走属于我的孤独

省略

像我这样一个人,不应该再有愿望
每一个器官长满了结石
中药排泄不了,激光粉碎不了
堆在身体里,形成一个假山
爱过的人,都不在人世了
爱过我的人,生活破烂不堪
我生活过的地方,疯长了茅草
山势险峻,河流干涸
坟墓多过屋舍
我去过的城市,都不是我爱人的城市
我不想拥有老虎一样的脸
孔雀一样的羽毛
夕阳一样的金黄
不想再有人敲我的门
也不想敲别人的门
不想去候车室,等待车次
每天,我都迟迟不愿睡下
每次睡下,不在的人又会千里迢迢
跑回身边,谈起一场雪
雪中,在翠柏街头吃海鲜面
剥开的虾,喂到你嘴里
你甜美地望着我
望着我

不说话

我不想再去找人了

走了那么多城市，经过那么多街角

机场，火车站，码头

一遍遍翻过去

我要找的人，都是杳无音讯的人

不应该再有愿望

有愿望又有什么用呢？

假如必须要有愿望的话

请求道路把我省略掉

水把我省略掉

愿望把我省略掉

理由

一次次坐在候车室,看时刻表
看一群群人,像暂时落脚的雁群
带来远方的雨,傍晚,脚印

你去了一个岛上
在原来的那棵树上
居住。那里没有炊烟
没有蔬菜
没有街道,也没有咖啡
众多的邻居在树上唱歌
岛上的熊,陆陆续续饿死了

没遇见过岛上来的人
也没见过岛上飞来的鸟
每次来火车站
我都拎一个饭盒
几件衣物,和一个水壶
等你出现
这是我活下去的理由

流年

在傍晚，常去溪边散步
即使雨天，也去。线绣菊扬起羽毛
雨吹脸颊，吹脸颊后面的山冈
玉兰花落在小路上
是一群死去的白色鸟
溪水在石桥下分岔，一条向南
向北，涓细，弯流，没入草滩
半枝莲仍旧是往年的花色
起先嫣红，而后灰黄，直至枯黑
这是我们都无法摆脱的
唯一规则
我常一个人去散步，沿溪边
来来回回。暮色完全沉降
山冈习惯了沉默
河水习惯了远去
我习惯了在玉兰树下坐一会儿
发现自己是多么的荒凉

日落前

日落前,我在临河的阳台上
安安静静地躺一会儿,闭目凝神
那个从不来看我的人
我细细地想一遍
她手腕上的玫瑰刺青
光洁的耳垂
提笔就老的眼神
落地窗一样的长裙
旧纸张中浮出来的面容
有几分羞赧……
日落之前,我必须完成这个过程
她更多的生动和完整
不会被夜色吞没
也不会迷失
落日给她满身的金黄
菜地是疏朗的
荷花也开得更饱满
日落前,我回到这个偏僻的寓所
喝水,洗澡,更衣
躺下来,细细地想一遍
这是每一天不可耽搁的事情

空房间

那个房间，挂历还是三年前的
圆形的铜镜还挂在墙上
止咳药和止痛药在铝箱里
窗前摆着两双棉拖鞋
蚊帐垂下来
我从不请外人来清洁卫生
每天，我用毛巾抹地板
开窗关窗，给房间足够的阳光
和来自海边新鲜的消息
笔和纸，整整齐齐地放在桌子中间
抽屉里，两个泥彩娃娃依旧站着
保温水瓶里，我每天更换了水
床单还是那条淡蓝色的
柔暖，没有丝毫皱褶
藤椅上的小毛毯
每个月我会手洗　次
蜂蜜在随手可取的矮柜上
翻开的书，我也不去合拢
随时可以继续阅读
收音机还在原先的调频里
一直响着，低低的声音
但足够回荡
我从不拧亮床头柜上的台灯

也从不在房间里坐坐
每次我退出房间,蹑手蹑脚
轻轻带上房门
仿佛床上还躺着熟睡的人
时钟在继续走
绕着时光这个密匝的圆圈
不留任何痕迹

习惯

刷牙的时候,我给另一支牙刷
挤好牙膏。吃饭的时候
在对面的餐位预备一副碗筷
喝水的时候,为另一只瓷器杯子
注满清水,外加一勺金银花
床空出的一半
我不去占领。门不反锁
出门,我放一把雨伞在门边
天黑前,再给花浇一次水
买两张电影票
买双份的早餐奶
右边的沙发上靠一个棉花背枕
闹铃调到早晨七点半
我还是按照往日的习惯去生活
卫生间始终亮着淡白色的灯光
挂在衣柜里的镂空睡衣
清爽,柔软
听到敲门声,我也去开门
却没有人进来
我颓然坐在椅子上
视线慢慢模糊
眼球被结冰的湖水冻住

蝙蝠

蝙蝠从乌黑黑的岩洞飞出来
夕光未散时,它翅膀上的影子
比它的体重更重一些
它弯着圆圈飞
拐着斜坡飞
偶尔也飞入漆黑的屋檐
吱吱,吱吱

一群群的影子
比心脏还黑
躲避着灯光和孩子的哭声
倒挂在树枝上
犹如枯叶蝶
令人想起古老的时间

这群似鸟即兽,无羽又飞的生物
有骷髅一样的脸孔
尖利的爪
随时准备插入被俘者的胸脯
随时把梦游者
引向命运的渊薮

它会飞入熟睡者的房间

在一根裸露的电线上打盹
告诉他们,灯不能黑得太久
在梦境里不要长时间逗留
走散的人尽快回家
失恋的人不要把旧信烧掉

黑暗中,它们觅食 交配 生育
在虚无的教堂里祈祷和凶杀
它们从来不会有别的颜色
也不会有谅解与遗忘
活着,从来都是不可更改的宿命

秋天说了些什么

她带走了干粮、棉花、盐
和一卷黑皮《圣经》
清水,路上有的。木柴,路上有的
蔬菜在河边沙地,翠翠地绿
她沿山冈下的一条斜坡
弯过两条河流交叉的埠头
没人知道她去了哪里
她没有留下口信
在太阳上山之前,她出门了
她的布包里,带走了所有的种子
带走了天边原本不多的积雨云

我一直站在空空的山冈
像一只需要被人认领的牧羊犬

她曾多次提醒我
要把门上锁,把物品藏好
把日记本藏匿在找不到的地方
窗也得封死
坐在门口的柚子树下
寸步不离,不要去打猎
也不要去采蘑菇
在路上,撒上石灰做标记

围在一盏灯下
水缸里的月亮用荷叶盖上
酸痛的眼睛让它继续酸痛
二胡的弦，调松下来

秋天和她说了些什么
风一天比一天冷
泥一天比一天干燥
霜一天比一天重
她循着二胡的呜呜之声
提一个藤条篮，围一条浅红围巾
裤脚沾满了露水
给我留下半张床，一堆木灰
和一个空碗

悲伤

看日出的人将朽于南山
比如打马过河
困于湍流。比如一支烛火
逝于半夜。一夜的白霜
尽于煦阳。爱过的人
她们的脸颊是相同的冰凉
她们游在水中
沉默,裹着旧日的丝绸
她们已经不能回到树上的高枝
梳头插花
望望窗外急流,想起
看日出的人已朽于南山

最后的礼物

在冬天无人的夜晚
再一次回到一根灯芯
等着你,无论相隔多远
你也要来,无论天气多恶劣
你也不要迟到

把我院子的木柴劈开
把吊炉里的酒加热
酒具摆放好了,一人一杯
你坐到我身边来
即使没有话说
也坐过来

你一直不告诉我
我的泪水去哪儿了
流不完的泪水
那么多的泪水
雨水一样多的泪水
去哪儿了
是不是干涸在我血液里了
是不是泪水也会衰老

夜那么深,风搬运黑黑的云块

等你脱下落雪的大衣
盖在我瑟瑟发抖的身上
等你把我的床铺好
我还有最后一滴眼泪
藏得那么牢那么深那么顽固
嵌在眼球里
直到身体完全干涸了
它才会涌出来
你把它带走
这是我给你最后的礼物

屋顶

星宿的床榻,最适合摆放
在湖边,其次在遗忘的旷野
我们睡下,油蛉发出星宿的声音
亲人在床榻边烧炭、打井、跳舞
他们也彼此诬告、仇恨、埋葬
他们捡起遗落的星宿和草籽
被风拎着衣领,撒向无人知晓的地方

床榻上,居住着不被人看见的神
我能感受到神的存在
她严正的声音,和我一样孤零零
被喧哗的潮水淹没、吞并

床榻如悬崖般高峻
连接千副木梯子也爬不上去
缆车也将途中坠毁
榻上酣睡的人,都有一对翅膀
多像高不可及的鹰巢
当我看见地平线下的屋顶
加速了内心的绝望

遗忘的旷野

黄斑鸳在绿藜边
带着几只小鸳浮在水面
水面溶尽了暮春的淡蓝
送行的人在不确定的时间
成了告别的人

每一个人有自己的彼岸
和天边。斜斜的落日
下坠时浑身颤抖
闪电灌满臃肿的肉体
暴雨酣畅淋漓地要来了
却始终不来

许多人在江边种花
夜幕下烧篝火
穿粗麻裙，赤裸上身
在遗忘的旷野
围着星星赤足跳舞

到了秋天

到了秋天,草不经意黄了
原谅河流一天比一天羸弱
原谅告密者,也原谅说谎的人
原谅无故远走他乡的人
到了秋天,很多事情会更加明了
坏消息总是多于好消息
所以,你要原谅干旱的天气
到了秋天,我们不去抱怨
不去抱怨苹果的虫斑
不去抱怨忍气吞声获得的虚荣
即使要哭,也一个人坐在房间里
秋天是一根绳索,把人悬空拉紧
只要黄昏从寺庙的井栏升起
只要路过的鸟还落下屋檐
原谅背叛你的人
原谅不会真实的真相
原谅时间,它善于造化弄人
让陌生的人情意绵绵
让相爱的人分离生恨
原谅不堪
和我们的穷途末路

第二辑

天黑

天黑了
在屋舍里留一盏灯
灰暗的光冷涩地发抖
门前铺满黄叶和秋虫
某一天,你从天边归来
单薄的蓝衫落满寒鸦
紧紧抱着两条寂寞的河流

屋舍坐南朝北
远处传来的钟声
告诉我深秋更近了
附近的密林常年开放野花
蚂蚁搬运草屑,以及饭粒蜂蜜
从我口腔拥挤地进进出出
筑巢,交配,繁育
死灰般幸福

天黑了
面对一堵墙壁模拟说话
天空不完全是空的
雨水正白,姜葱花正蓝
霜降后便是立冬、小雪、大雪
这是每一个人最后的归结

一盏灯留在光不在的地方
还留了雨伞和旧棉袄
鱼留在池塘里
水留在井里
月亮留在镜子里
木炭留在深山

给鸽子喂食
给篱笆下的指甲花采籽
烧水煮茶
等待你踏着雪花
身披深褐色大氅，从天边降临
我一直都在屋舍里
只要我活着

纪念日

在江水遁逸处,他遇见了梅,一朵
将落的晚颜。在灰白色的巷弄里
他抱住了渐暗的黄昏
用唇语交换内部的激流
低围墙,闪白的积雪,突然到来的日期
眼角涌上的光,拥挤的嗓音
在提前到来的结局里,它们颤抖地赞美

滔滔江水为什么曲折地流泻
因为这美妙的一天既覆盖白昼又掩埋黑夜
他不再羡慕世人的幸福
他相信爱会简单地发生
相信枯涩的身体
会滋生青苔,抽出春天的雨水
现在,他迷上了小蜂腰
他短暂的休克源自丨年空空的心脏
瞬间被大雪填满

他甘愿一夜白头,孑然老去
看一眼浮云,从此对人间缄默
他停了下来,把钟的时针拨回去
在中年的虚光里,他爱上了奢侈之物
早上朗读,晚上写信,中午栽花

余暇,他一个人怔怔站在阳台
远望,他近乎麻木的脸上
有昨夜长久失眠的溃痕
回忆什么呢?"忘记我吧"
日暮乡关何处?她又在哪儿

深夜坐火车去陌生的城市

火车的奔跑是一种减法
减去路程,两个互不相识的人会重逢
减去岔口,减去前半生,减去南北
陌生的城市将是我唯一的去处
把众人的孤独减去
剩下给我
剩下牙齿上尖尖的咣当咣当之声

剩下窗外飘忽不定的黑
偶尔的光,穿着丝袍,被风刮向身后
一个四十岁的男人,靠在车窗
看大雪生育。他发涩,舌头僵硬
每天凌晨三点醒来,对自己絮絮叨叨
疾病是他的秘密。"生活是一个牢笼
肉身也是一个牢笼"。他喃喃自语
在桌上,他用茶水写下"恋人"
又用手抹去,继续写下"烟"
萦萦绕绕

她常常对我说

她常常对我说
书要慢慢读,池塘干涸得特别慢
溪水流得漫不经心,再慢
也会流完。所以不要急着赶路
属于自己的路都会走完
脚步放缓,步态从容
你看,长江跑得快吧
迫不及待地奔泻,翻涌
气喘吁吁,它一生都在繁忙地运载
也不能把雨水全部搬空

黄山冬景小记

额头上有两块乌云,晦暗的是天空的骨灰
无法触摸的是你在蓝水河的倒影。山壑回肠,风
把骨灰吹进眼睛。看见的是千里江河
看不见的是腹部埋葬的万匹奔马

黄鼬之歌

不要打扰我,在乌黑黑的泥土下
即使饿上七天,我也要好好睡一觉。我已疲于奔跑
追逐,多年听命于牙齿,听命于异性的气味

让我安静地聆听雨水滑落草尖的声音:叮咚,叮咚
(像催眠曲,有一个爱人多好)这样的情境适合恋爱
也适合独自跳舞,更适合孑然故去

风吹

雨水带来的,会被风吹走
时光带来的,会被你吹走
你带来的,却堆积在我心里
——你带来盐,海水,春夜的闪电
风吹不走的,是什么
或许是我,化成的风
你听到的是弥耳的呼啸,可能有些悲怆

朗读者

梅花插在麦秸帽上,十六开的野地
十六开的冬天。鹳,以露水润喉
身上堆积着千年前的白雪
遗世的孤绝。作为一个神秘的自然主义者
不知道她接受了谁的派遣
朗读:群山奔驰,蹄声敲破心房……
她的声音略有磁性,茫然,有些微的破碎感
不知怎么的,我突然想拥她入怀
给她细细梳理羽毛
直至到老

河流上的背影

紫气弥散,灌木林掩映下
是一条河流的出生地
我的一生都在追逐渐行渐远的白帆

夕阳将熄,弧形的河湾苍莽
水岸有告别的人群送缕缕秋风
有燕雀声声起于低矮的天空

白帆终究要在河流的拐弯之处被雾霭吞没
我的手指终究够不着风吹的衣角
消失的背影甚至来不及回头看我最后一眼

被河流带走的人
把我扔在岸上
让我孑然兀立在天空下

雨后山冈

一片素净的山野，芭茅枯萎
墨绿的杉树林裹在光秃秃的灌木丛中
简单的暮冬，灰雀摇曳在树梢
草间小路弯向山腰
林中隐约可见黑瓦的屋舍

今年春，我也曾造访过这个山冈
杜鹃花正红，牵牛花爬满院墙
苔藓油绿，涧水漫上石埠
在这里做一个养蜂人，是一件幸福的事
用木柴生火，用松油点灯

我不知道，同样是时间的灰烬
撒在脸上，为什么会呈现不同的容颜
那样不动声色
现在，我只想翻越山冈
孤身去下一站

十一月

无论哪棵树都有许多枝丫
每个枝丫都适合筑巢
我坐在高高的鸟巢上

每一条河流都适合行船
昨夜没入烟波里,徐徐回望
轻轻唤:扬州,扬州……

岔口

每条路都有许多岔口
每个岔口都适用于分别
而我不知道我们的分别会在哪个岔口
广袤的原野上,葱绿的色彩覆盖
河流没向深处的苇岸
水流湍急,只是我们无以察觉

描述

在春天，我急于访问每一个山冈
每一条河流，每一个微笑的人
春风所描述的，我都愿意一一所见
刺桐花翻卷，薄薄的阳光剪贴在水面上
滴滴答答的雨水中，故人又一年辗转他乡
斜飞在淡雾里的是燕子
来不及掩埋的是花瓣。我目睹花瓣的坠落
它安坐的马被风扑倒，它比空气更重
比爱更轻，它旋转着，向下，向下
跌在我小小的怀抱

春简

不要恍惚，在纷扰的暴雨中，他被遮蔽
不要独自哽咽，他习惯抱着苍莽的远山老去
春光倾泻，但短暂。风把脸吹破
你若有悲伤，不要让他看见，桃花飘落

亲爱的，春天

白云运送到高高的山梁，草青草长
鲜活的水流陷入大雁的翅膀
乳酸草纠结大地的盛美
啊，啊，啊。雁叫之声灌满我内心的沟壑
迁徙是一种命运。我交付于它
每每我站在河岸，看大雁飞过
像一行墨迹渲染了旷芜的天空

春天如此简单

河湾有零星的屋舍,菜蔬油绿,荷花十里
昨夜的风,从你口里吹出来,软软的
蚂蚁抬着昆虫走过潮湿的苔藓
我要跟随蓝水河去流浪
河水流过的地方都是你的故园
芳草青青,梨花一遍又一遍地开过墙垣
春天如此简单,让人无比迷恋

月亮之歌

你浑身的尘埃是属于我的
慵倦的睡眠有流水之声
哗哗哗,把旧年的时光淌到我窗前
赐我以指间的齑粉
掩埋唇齿上尚未说出的言辞
……那是你的秘密。你只留给我皎洁
而从不让我看见无边的苍凉

三月十一日徒步去上饶城记

信江漂来残渣,连绵几天暴雨使河面变宽
今日骄阳,双塔公园的草滩上横卧着几个酣睡的人
夹竹桃炸裂出花朵,粉红剔透
硬漆树尚未脱去旧袄又添新衣裳,叶芽细细
在简洁的枝条上点缀
纤纤柳枝随风摇摆,引渡缕缕暖风
这六公里的滨河大道集合了大地的初美
虽然有些紊乱,我毫不设防
春天的降临给我措手不及

养蜂人

在僻静的山野,嗡嗡嗡的振翅之声
是养蜂人幸福的言辞。他戴着白手套
脸上蒙着纱巾,一天察看蜂箱三遍
他娇小的爱人忙着刮浆分房
闲暇时,他步行去十五里外的小镇
用蜂蜜换取食盐、布匹、女儿红
在山垄里种上桃树梨树柑橘
去密林捡拾蘑菇采摘杨梅
他只关心雨水,花开的时日,交欢
以及每餐的菜肴

扬州词

三月，河水上涨，适合行船
爱人的怀抱有新绿的柳枝。八千里水路
我会日夜兼程。料峭三月，你馥郁的气息
充盈我，让我复苏。南方的植物葱茏
多么想投奔你，尽管我的热血
已在多年前消散
只愿你的手掌成为我最后的山冈

寄秋书

一个十五年前死去的人,和我有些许默契
她说,给我一夜露水,告诉你秘密
麻雀在扶栏跳来跳去偶尔张望
不远处的池塘有野鸭三三两两凫游
"我曾着迷于一只蜜蜂,它和我有相同的命运
四处采集,不知客留何处。我倦于无意义
的飞行。"她脸上蒙着干枯的桑叶
秋天的皱纹是日渐凉下去的月光
芦花一片片飘远飘散　迷离　下落不明

每天早晨

耽于梦想而忘记生活的人,此刻推开窗
每天早晨,我说:早安,大地
第一件事是想看到你丰饶的姿容
宽阔,静美。山峦延绵,满怀春意
灌木丛中,河汊邀请远方的人随大雁来看我
每天早晨,我都看见你洗扮一新
后院梨花盛开,甘棠奔泻瀑布
你的眉檐有山峦浑圆的弧线在蜿蜒
无须有人与我同行
我溯水而上,追逐远去的大雁

阙台

这与远古的夜晚没有区别
山峦下沉,水蓝色的天空向南方倾斜
湖边小径弯曲,淡雾笼罩
月亮绽放,像一朵时间的玫瑰
月亮是遥远的阙台,阔亮,渺远
多少人遥望她,而今不见,而她光洁如玉
我奔赴她,只为早日吹去她脸上的灰尘
和她一起守候时光的苍凉

第三辑

与尔雅语

我喋喋不休:
春天降临是一年中最重要的事件
栀子花举起长号,仰天吹响,白金的声音
阳光般纯粹,和煦。人面桃花
催促我到你烟花三月的家乡去
接受一条河流的放逐

对着山川,我轻轻吹一口气
一夜之后就会满眼披绿
湖边的柳条独自起舞
世界如此从容,旷野深处妖娆多姿
你是所有河流的上游,把收集的雨水
送往每一条空空的河床

萍

我爱上这南方池塘里的植物，
她和云朵一起生长，浮一层浅绿
细细的根须把水面当作土壤
她单薄的身子承受着绵绵雨水的击打
我爱她的瘦弱和柔软。她是落难的天使
和我有着相同的命运，在不可掌控的时光里
一同飘零，一同被秋风吹黄

骑闪电的人

你指间消散的,不是火焰。春夜的风暴
那样完美,滚过。骑着闪电降临的人
河流是他的腰带,山峦是他的峨冠。宽恕他吧
他沉湎于闪耀,奋不顾身
逆流与顺流,他都一一带给
请你指明他的归宿。天空浩瀚,黑如泥浆
在他的最后一眼,你第一个浮现,依旧淡雅如菊

海

胸腔里的海,是另一片黑暗
缓缓地漫上来,漫上来

黑色的
是你浓缩的全部
是我疾病的起源

细雨般的星空

星空里是否有熔浆喷涌
亿万米之上,米粒大的星体撒落在玉盘
而今夜如此静谧
巨大的沉默吞没大海。仿佛我的腹腔

仿佛你:寥廓,瓦蓝,澄明
波涛覆盖了额头
青黛色的山峦在肩膀上延绵

你的脸孔,我的苍穹
今夜的怀抱可否让我酣睡
多年的秘密你不会一语道破

细雨般的星空里不会有尘埃
我愿一生遥望它
我如此安详

山谷

枫叶未红,弯道隐没在草丛中
秋天正在深入哀黄的色彩里
枯瘦的河水多了绵长
鸟雀声幽远而来

这里,若是春天,指甲花殷红
草垛下长出伞状的蘑菇
荆条花开在颓圮的矮墙上,细碎,粉白
一层淡淡的薄雾铺在眼睑

我误以为这个山谷就是我的怀抱
简单的秋天里,它寂寥,空落
你可以想象,它曾经就是一个未经修饰的花园
多少人流连再返

月亮

多年,你守身如玉
多年,湖水在疲倦的时间里囤积
你是留给我的。你和我有着相同的皱纹,霜色的旧事
寒凉的露水一遍又一遍说出南方……
噢,你照耀的南方,我所剩的青春屈指可数
在最后的岁月里,你会照耀我辽阔的故园
照耀我小小的心房,痛和温暖在此交织
你是知道的,我日渐枯败,而你圆润如初

秋风散

给予你长夜
给予你芦苇磕碰的秋风
给予你伤口、尘埃以及内心的挣扎
我知道,美好的拥抱不会有
时间会枯萎。秋风灌满你的双眼

秋后的景象

这是你的另一种呈现：落日里
河水迟缓 色彩枯涩 鸟声惊起
如果我愿意等待片刻 我会看见你指间的群星

我必须要学会容忍这些：星光下
死去的植物在腐烂，湿气在草叶上结冰
大雾使我分辨不清哪里是来路哪里是归途

我还有多长的生命被你照耀
被你俘掠。这是你的暗示：你赋予我的
也会被你带走……留下秋后的旷野

薄暮

晚霞尚未完全退去　山梁弯曲
槐树林萦绕着薄薄的雾气
素净的田园有几分瑟肃　冷寂
河流隐没　鸟雀忙于投宿

露珠悬在草尖　晚风把炊烟压低
缄默的天空映衬你的轮廓
——我一直无以察觉
你如同薄暮降临，悄然渗入我苍凉的额头

守墓人

清晨,他来到一片朝南的坡地
锄去墓前的杂草,为柏树冬青修剪枝节
用衣袖擦洗碑上的灰尘
然后默默地坐上一个晌午
——我会把我衰老的年份交给这片坡地
照料它,一如照料你的前生

冬雨

是谁在敲打我窗。夜半冷寂
叮当叮当。一个未眠人披衣临窗而望
星宿隐匿，寒风紧裹，墨色如泥

冬雨，你为什么千里而来
夜无穷尽，命运般无法逆转
让一个未眠人爱上你的破碎和窒息

我愿意和一只飞蛾交换身体

如果可能,我愿意和一只飞蛾交换身体
在草丛跳跃 游戏 捕食 结茧
掠过水面,轻轻的,空气也无法察觉
阳光穿过翅膀,锡箔一样
和一只飞蛾交换身体,是多么美好的事
这样,我全身不会有多余的杂质
变轻,变小,卑微得可以被忽略

静夜

檐角有弯月斜山，白露又重了一分
迟迟不曾寄出的信函铺上了一层寒霜
酱色的江水请允许它缄默　犹疑

感怀是难免的。斑鸠高一声低一声
你是否可以明确答复我——今晚的夜色
把你们从渺渺人世区分出一南一北

如果有一个乘船而去的旅人，他清瘦，眉宇宽阔
他把弯月背在肩上，那是他唯一的行李。
你不要唾弃他孤单只影。他会给你炭火、色彩和空气

暮薄

再把手伸出一尺,你可以掬出我胸内的长江
"爱是永生,也是消亡",多年后,这句箴言会在水中显现
脸颊上环绕的薄暮,被我轻轻撩起
微小的是星辰,圆润的是初月
站在你肩膀上的是斑鸠,呱呱呱。薄暮纷纷垂落
黑绸缎一般,起伏的波涛一遍又一遍
漫过一个眺望者的余生

甘棠小镇

在葡萄架下张网捕鸟的人,是我的儿子
他五岁,剃个平头,赤脚走路
紫葡萄是我爱人的名字,我还未曾见识她
据说她善修剪花枝,喜秉烛夜读
枕水而眠,击窗而歌。她不动声色的生活
在小镇里广为传诵。我是一个盲者
我一直把她的老年当作青春。我是一个耽于生命的人
我的一生只做了一件事:在她耳边不停耳语

九华山黄昏短简

真正的黄昏是这样的：观察月相的人
有一颗敏感的心。他是脆弱的
薄薄云雾遮住他眉宇，他的呼吸环绕静谧气流
他耽于山间逗留，仿佛迷恋的中年
山下是低处的人间，灯火朦胧，更远处
是镇，是城，是……不可言说的命运

甘露寺

藏学法师在经房挂有一副木简
墨迹枯瘦,笔间细泉曲流,草木吐芽
在九华山,藏学法师授课十九年了
他的脸上落满钟声
青石回廊边,指甲花殷红。赏花的人
是冬青树上八只鸟春。种花的人
已故去的不知有多少个
现在,一个在膳房,一个在井边默坐
还有一个去深山采摘甘露
寺立在山腰上,供云雾笼罩

明月

明月不是从海上升起的
同样照见天涯。在长江的中游
明月摇晃在浪涛。那是故土石井中
升起的月,被我背走
弯弯斜角已磨圆,风把它擦洗清亮
现在,我要把它沉入长江
人间多情而寡欢,山川俊美
天涯荒凉

第四辑

蔷薇

三年之后,泥垛已不是讲述中的泥垛
荒草拱上来。转角而去的人,安在否?
他满怀喜悦地生活,新鲜而微弱
凡是遇见他的人都会爱上他
事实上,他是简朴的人
用剩余的三公斤泪水,每日取一滴
浇灌泥垛上的蔷薇

喜欢你种下的蔷薇……

你左边是水流，右边是落叶。小巷深处
我必须习惯空荡，尽头也不是时间
习惯星光微弱下去
檐雨冰凉 淹没脚踝
习惯思念一个不告诉我姓名的传教士
不是爱，但温暖，偶尔痛
我喜欢你种下的蔷薇……晚安

滚过蔷薇的闪电

提起笔,蔷薇已拒绝盛开
写下闪电,不知春天是否会来临
在天边游走的人,沿路铺下银色血迹

闪电在蔷薇上尖叫,妖娆,断裂,狂飙
吱吱吱,使人想起电锯
在大理石上切割,灰尘飞扬,满地碎屑
在一公里之外也能听见,撕人心肺

目睹蔷薇盛开的人远去他乡
闪光之后扔下一片漆黑
像不散的亡灵,缠绕指尖

蔷薇小令

手漫过去,大雨纷纷如幕
那是你午睡时的脸,一朵,两朵,三朵……
看似即将衰老,又燃起淡淡火焰
假如熄灭,会带来时光的黑夜
你所遗忘的也是我所珍藏的
晚暮中的双眼
恰似一座坟墓毗邻另一座坟墓

蔷薇的悲伤

久久不忍说出的词：湍急
有河流穿越我的身体
寂静而川流不息
旷野之中，一团一团的迷蒙之雾在弥散
浅红色，那是傍晚沉醉时发生的错误
我无法不接受流淌
带来尘埃 爱 深呼吸
最后带来凋谢 不留匆匆一瞥

手捧蔷薇的人

呜呜呜,鸣笛声响起
人群在水蒸气中晃动,又沉没,彼此虚拟
黃夜的街口有风在扫荡,像掌心上荒凉的旷野

列车将我带往何方
也许我下车的地方空无一人,寂寥茫茫
旅程从来都是孤身的旅程,也无原路可返回

列车离开麻石站台之前,我留最后一刻钟给你
不要相拥,不要细语道别。我只想回眸时
看你手捧蔷薇,面带微笑,犹如初见

不是每个人可以遇见蔷薇

"做一个匿名者,埋身尘世"
她言辞有夜色的水纹和反光。她眼角射出的子弹
把多年来的生活击穿。她双肩颤抖
恍如在滂沱的冬雨中踉跄。她唇边的空气形成洄流
四年前,我认识她。现在,她坐在镜子里
用雨水梳妆,被人挂念
"我曾热衷于做一个身败名裂的人
遇见蔷薇,不是每个人都这么幸运。"她说
"生活就是一堵满是弹孔的墙,我扶墙而歌"

在蔷薇花凋谢前离开

我曾热衷于细数雨珠
一朵,两朵……密密匝匝铺满湖面
又转眼消失。犹如光投身于巨大的黑暗
犹如我们溶解在时间的黏液
雨珠的坠落比蔷薇的花期更恒长
却比我离开前的回眸短暂

十二株蔷薇

你栽种一株,余下的十一株由我完成
之前的四十年,我始终拒绝命运而依据内心法则
现在,我要把蔷薇栽满荒芜的院落
花蔓堆叠,在春风没有消失之前
早晨浇水中午修枝。蔷薇盛开
无论多繁茂,都是易碎品
都是尘世的泡沫,容易被细小的风卷走
……我已经知道这些
时间逐日填满我的未知部分,即使我不愿接受

一夜

多少年,我不愿说起流星
它与空气摩擦的光焰是淡蓝色的
弧形的轨迹是美人的溜肩,满天的火花
从天而降,炫丽,迷眼
——我不愿说起是缘于它来得太快
去时我又毫无防备
现在,我喜欢慢吞吞的事物
比如火车,从某地出发,途经南京、合肥
我站在安庆郊区的露天站台上
分毫不差地迎接我的下半生

第一百封信

总有一些事物让我哀伤
秋晨的薄雾从湖面溢出,漫过屋舍
漫过矮矮的山梁,迷蒙,转瞬不见
还有那漆黑夜空中微小的星光
多少次,我走过寂寞的长廊
以为长廊的尽头就是蓝水河汇入大海之处
以为星光可以清晰地照见我单薄的青衫

让我独自在河边度过一个虚妄的下午
蹲下来,冷手捂脸,双肩颤抖
埋在身体深处的一滴水,请求不要涌出来
它比海广阔,比昼更白,比夜更黑
我只是这水滴上的漂浮物
体积那么大重量那么轻
仿佛是小小的萤火,闪闪消失

看秋天

不是第一个,也不会是最后一个。秋天
校门口的池塘浅下去,旧时光浅下去
锦鲤只是一个使者,红袍大褂
把梦境蜕一层波纹粼粼。秋天
坡上的灌木林萧瑟,树叶转红转黄
有的飘落,鹁鸪在枝梢啄野果
粉尘一样的阳光从小火炉
喷出。更远一些,菜秧苗浮出来
我有些恍惚,也经常这样疑惑
在简短的一生之中,是什么在掌控内心
掌控不可知部分,我们唯一能预料的
是不可预料。光阴是一匹快马
把所有的骑手掀翻在地
整个下午,我看到的,是翻飞的马蹄
以及溅起的灰尘,盖过秋天的头顶

回形走廊

背影溶化在黑夜黏液里的那个人
是不是你?请宽恕,他内心的灰烬
成为今晚唯一的光亮
无人知道走廊到底有多长
也无人知道他能否走出弯曲回肠

多少次,幽光闪在他拙朴的脸上
青山葱茏,寂静的河流已然枯涩,雪在下
风掀起他破损的衣角,树叶飘落
他的面影映在墙壁上有略微的模糊
和天空绛红色的生动

你是谁?封冻的表情只是黑夜的一种纹理
慢慢地移动,他的眼睛将是今晚的光源
照见的仅仅是廊柱上旧年的血迹
他身无长物,孤单也是那样别具一格
寂寞的长廊耗尽他匆匆的一生

夜行火车

人至中年,我厌倦了许多事物
比如静流深水,手握剃刀的晚秋
不再溢出眼角的绵柔液体
比如毫无知觉的火车
今夜,火车必然将我带走
不可知的远方是我的下一站
我将一个人下车,走过经年的站台
街区空荡,落叶席卷后半夜
寒风装满行囊,路被吹得分岔

语调低沉乏味,有切割感
火车用它特有的悲凉语调
描述身陷的夜晚,飘散的面影
描述陌生的川峦,无限漫长的回望
十二年前,我多钟情于火车
它迸发胸腔里的热忱,不知节制
让我以为,所有的出发都有美好的相逢
荒凉的奔跑是奢侈的衬托
而今,我已无能为力,甚至不可以眷恋
剩下给我的只是一节空车厢

二十四桥

人在多年前已消失,初始的积雪还在
桥是短桥,月是残月。浮在水面的
是乌春鸟高一声低一声浅叫

踏雪的人,当你从天边匆匆归来
凭栏远眺,半弧形的川峦在乔木林下起伏
又一年的秋风将至,鬓角的霜色又白一分

或许是月色交叠着寒雪,夜分外明
人生自守,枯荣勿念,相忘于郊外码头
荒落的雪花比你重,远比月色轻

傍晚

一个雾霭交织于林中的傍晚,你留下来
在我荒凉的额头上栽种藿香、茑萝、合欢、青藤、蒺藜
让无语之唇忍受风寂寞地吹,一遍又一遍
最后遗忘时,满眼葱茏苍翠

鸟窝

屋檐下的鸟窝,树梢上的鸟窝
白翅的喜鹊我爱,黑羽的乌鸦也爱
雄鸟觅食,雌鸟暖巢
晚上,彼此挤挨合身而睡

春光中的鸟窝,积雪下的鸟窝
衔来的干草我珍惜,枯枝也珍惜
一窝毛茸茸的雏鸟叽叽喳喳,嬉闹
抢吃母鸟喉咙深处的粗粮细粮

鸟窝,露水打湿,月光朗朗
有一窝鸟蛋更好,椭圆形,温热
鸟儿忽而东忽而西,和声优美
群山起伏,芳草遍地,茅舍三两家

美好生活都是简单的,质朴的
当鸟窝被每天复述描摹
阳光斜照我木窗,芭蕉花开
蹉跎岁月,荷花十里

山居

木炭熬粥,月光煮酒
杨梅采摘过了,桂花晒在笸箩
日挂三竿,我已打柴回来
在水边沙地种下韭菜香葱马兰蹄
油灯下,在木桶里腌制咸菜
假如是冬天,我会用粗雪搓洗身子
一遍又一遍,直至全身有红萝卜的酡红

南边溪水潺潺,北边竹林喧喧
墙垣上的茶花兀自开兀自谢
扁舟腐烂在野,钓者独坐黄昏
喜鹊是一对门童,喳喳喳
用草木的颜色区分季节,听风识天气
让皮肤长出叶子,耳边长出鳃
不要桃花也不要梨花,请赐我鸟的气囊

南方延绵的青黛山峦
浑厚的弧线与溪流相衔。我常常坐在山巅
胸中的气流柔顺,和雾岚交汇融合
覆盖整个大地。多么辽阔的大地,可我
不想走遍——我已无力奔走,只想寂静呼吸
我曾日日穿行于风中,像只飞燕

譬如水滴

落入眼中如同墨汁渗透宣纸，致我于盲目。水滴
绵柔的，针尖般的，无言的，扩张的
在第一滴与第二滴之间，有梦游者的冗长一瞥
水滴在空中的逗留……哦，是我的行程
"岁末已至，一年又尽。滚滚尘世譬如水滴
我再次谈论光阴，因为它是一锅炽热的铁水"
在简短的滴落之中，我有穿石的坚韧
我爱滚滚红尘，爱它的温热也爱它的炎凉

蜀冈

十一月是有福的：傍晚时分有简短沉醉
栗树叶纷纷，橙黄的余晖在眼睑翻卷
草径交错，鸥鹭两只三只四只……在天边
斜坡上，茂密的灌木林有稀落的星群
相互磕碰，交响。一对白头翁惊飞
酡红的天色那么美，充满爱人的气味
晚露里的扬州令那么美，虽然让人伤感
昆虫的叫声那么美，即使有些破碎
拂过树梢的手那么美，恰似诀别又似流连

冬日寄诸友

你顺着我的手指看,人形大雁列队南飞
山川一座高过一座,蜿蜒千里
长江从我旅居的小城漩流而过——是否可以
给我答复:到达尽头尚需多少时日
代替我走完我尚不能完成的绵绵路途
事实上,我知道,江水没有尽头
只有起点——无论哪个码头都站满出发的人
我已至中年,已对生活毫不抱怨
我只对生活说谢谢,对过往的艰险感怀知恩
今夜只有一尺短,明日只有一寸长
余下的话,我不说,让大雁慢慢告诉你

钟声吹拂

钟声吹拂，篱笆外的梅花盎然
踏雪不归的人，他略显单薄的衣衫
是唯一的行李。天空是一张宣纸
夜晚是一卷水波。明月悬照
他朗声吟咏："感谢那些瞬间消失的事物
灰尘不能掩埋的，钟声也不能掩埋"

雪花纷落，钟声吹拂，鸽哨喑哑
当——当——当，钟声凛冽，寒入骨髓
他迎风的姿势是一种盛开。阳光普照的
都会被钟声吹成灰烬，寂静和荒芜覆盖
仿佛亿年前。他一个人在纸上涂色彩
水鸟扑棱棱掠过……他山崖的额头

大钟高悬

所有人必须低下头,大钟高悬
万物匍匐下身子,紧贴地面
若有悲伤,那么我们一起来唱:
"离离原上草,一岁一枯荣"

大钟高悬,树枝摆动
巨大的阴影犹如铺天的乌云
灌满肺部。目睹的寂静是滔滔
泥浆扑打而来,一层盖一层

在高处,始终保持缄默
大钟高悬,随时会坠下来
把我们扣入其中
而不容我们有丝毫选择

第五辑

信江

正浓的夕阳被归雁运往天边
白帆一片两片,在河湾回旋处消隐
柳色青青,那是远游者遗落的临别赠言
在水面浮现:江南好,风景旧曾谙

弧形的向晚,水车咿呀转动,不疾不徐
你见识过这古老的座钟,摆动……摆动
寂寂流水是另一种喧哗,我们将不知所终
淡淡水雾,依稀可见上游的水转眼翻到下游

南岸丘陵堆叠,赭色的岩石间灌木丛生
北岸高山延绵,山寺的桃花还沾着去年的灰尘
今夜,我们就在乌篷船里手语,赊一盏月
悬于桅樯,不在意归途何处不在意水穷何时

信江,可知四月迢迢,故园渺渺
水上的足迹,谁可曾见识?春风吹遍
澄碧的河面照见芦苇屋舍……鸥燕
浪打的泡沫里,分不清碎小的是人影还是苍穹

早春

我看见十五年前死去的祖母,端坐在山冈上
她脸上蜕去了荒芜,麦青色的草芽漫溢
辫子被风抚弄,取代了纷披的柳枝
在祖母怀中安睡过的人,是有福的
今天,我撇下所有的事,在池塘边,静静地
望着空阔的山冈……风又绿了一年

大雪贴

"岭上梅花正红,是个不经意的少年"
这是一封来自天宫的信函
每年冬季,你坐在火炉旁,一天读三次
黄昏降落指尖,你额首四顾,苍茫野地

是的,但你不要说出来
灵魂不可能比一片雪的羽毛更重
仰起脸,雪飘落下来
融化的时候,我已垂垂暮年

钟摆之声

寂寂夜里，钟摆之声令人莫名伤悲
我通晓弦上的指尖舞步，清脆，悦耳
笃嗒，笃嗒……像一个人通往天边
我熟悉他，却从未目睹他的面容
那么神秘，穿一件黑色斗篷
袖袍里卷着河流
我伸出手触摸他，那么近却不可及
他从来都是离去，不返身回来

剩下的时间

剩下的时间，我回到洞穴里
过幽暗的生活，吮吸腥气
和回到子宫里没两样。像青虫蜷缩在卷心菜
作茧自缚，沉迷酣睡，风干，变黑，吹走
我已倦于挣扎，倦于爬行
剩下的时间，我把扭曲的身子舒展开来
放松，再放松，耷拉下眼皮，纹丝不动

郊外的教堂

通往教堂的路在哪里？去过的人
都不再返身回来，把路卷在羊皮囊里
带走。他们在不为人知的地方烧炭取暖
在云端写信，托雨捎来

郊外的黄昏，淡月泊在泉溪
浅浅的，一绺芽黄。更近些，山冈沉睡
野柿子落地之声从墨绿色树林里清脆传来
芦花飞扬，天空的边界线若隐若现

苍穹浑圆的拱门，尖形的顶塔
静穆之中，被薄雾缠绕，被钟声淘洗
我想看看在里面做祷告的人，她已无悲凉
面相慈爱，胸有大海，将我余生覆盖

码头

我经常在清晨去看城郊的码头
柳槐婆娑,霞色遮面,水光闪耀
人迹磨损的麻石台阶没入江中
汽笛声随风飘远,又被涛声送来

假如有细雨,江面密密的水泡
很容易让人联想起脸颊上冰凉的泪珠
高高的墙垛上有人不断挥手,挥手……
客轮早已消失在茫茫的浪涛白雾之中

这是长江中游一个普通的码头
帆影点点。我有些疑惑
为什么每天有那么多的人漂泊他乡
又有同样多的人,经年不归,突至故里

秋风在吼叫什么

呜——呜呜,呜呜——呜
秋风在吼叫什么,胸腔里埋藏的巨大悲咽
喷发。樟树像大海中倒立的船

秋风把水的波纹吹到脸上
把岩石吹成飞尘,磅礴而汹涌
被飞尘扑打过的人转眼不见

春风所带来的,都被秋风一一割走
呜——呜呜——呜呜呜,呜呜——呜呜
它展露刀锋,万物不语

二〇一三年一月四日大雪

一把伞是两个人的教堂,向晚的钟声
是纷纷的雪花,纯白,铺在唇际
一部分融化,成为来年的春水
一部分渗入身体,成为余生的坚冰
钟声把人迹、街道、楼房、树木分散四处
伞下,沉浸之中的燃烧
永不知疲倦。这个时候死去,是幸福的
此时如果需要写下遗言,我会写下
"如此牵挂和被牵挂"
明天,列车向北,我将回到故乡
而你继续向北,把孤单搬运到高山
  "在最需要相遇时,我们去相遇
一生都不会忘记"
指尖穿过的头发渐渐发白
衍生一片野地。你就是那个沧桑的人
你就是那个不再降临的人
我怀抱的梅花也不再散落
当你读到这里,你脸上堆满雪花
堆满深夜的耳语,沉痛又痴迷
我们都是被钟声送走的人
各散天涯

三江口

天主教堂孤寂在皑皑白雪之中
甬江、姚江、奉化江汇涌,浪头扑打浪头
旅人被江雾吞没。弧形的灵桥上
鱼群穿梭,在更广阔的生活之江里
一眨眼间悄无声息

之前,也有一个人站在这里
看见同样的景物,看见更深处的残渣
我看不清那人的脸
也触摸不到那人的手
只听到滔滔江声在那人的经脉翻滚

乌有之乡的人,我回过头,她不知去向
天空灰蒙蒙,返程的列车拉响鸣笛,呜呜呜
岔口脚迹零乱,那是生活留给时间的遗物
茫茫江水把眺望它的人从泡沫里挤碎
在拐角处,和夜行千里的过客匆匆作别

剧场

我们用眼神交谈空无一人的剧场
交谈十二年前的河流:黛蓝色,灌木丛生
交谈青涩的青春。哦,不再复返

十月的南方,我曾试想在屋顶种满百合牵牛花
在合欢树上筑鸟窝,在池塘里孵化黄月亮
落单的大雁,南飞南飞。被另一只遇见

可能还需十万公里。我想起那个剧场
黑夜里,私语窃窃,随河水退去
茫然四顾,人生如寄,飘忽如焉

漆黑之远

手将照见这个漆黑的夤夜
照见下半生
照见海底下慌乱的鱼群

十月,是一个日渐荒凉的月份
夜色如霜,不眠的,是一双鹧鸪
在枫树林呱——呱——呱——地叫
时高时低,呦呦相鸣

一夜衰老的人,是我
月亮在手指间滑行,西沉
海水浅下去,旧光阴浅下去
浮出来的是一个背影

降低

把云朵降低一些,是深秋第一场冻雨
把星空再降低一些,给我辨析
哪一张脸是由不远处的赣江涛声拼合而成

今夜,我有沉醉。低沉,迷乱,缱绻
三百公里外的上游,把涛声的破碎
推揉而来——"最幸福的生活
是去习惯一个噩梦。"——原谅我
我要把做梦的人抱在怀里直至第二夜

直至我四脚冰凉,直至赣江日夜抽打我脚踝
人世的泡沫四散又不断聚集
送我到遥不可知的另一个尽头
颠簸,翻滚,消失……茫茫夜色

冻雨

雨的到来，从来不是一滴的
显而易见
泪水总是夹带体内淤积的泥沙
这是今年的第一场冻雨
从南到北，从一张脸到另一张脸
手指不能到达的
由冻雨表述

不远处，山峦有深秋的气韵
落叶飞旋，人声邈远，逝去的马蹄
陷入潺潺溪水。这是我第一个热爱的秋天
允许我静默地坐在房间里
听听冻雨的奔流

也是这样的秋天

"一晃这么多年过去了
也是这样的秋天。"你说。在河面上
徒步的人,会什么时候返身回来
头顶萎谢的荷叶,轻摇树枝
繁星啪啪滚落。一行大雁
把山川分开,把长江切割出上游下游

一列火车打开了我身体的隧道
多年之后,在幽闭的禽夜
冷不防地从我喉咙里冒出来
这么多年,火车在我体内搬运着什么
是千万吨的积雪还是命运的毒素
咣当咣当,冗长的路途孤单一人

我请求秋天的火车,碾过我时
慢一些,不要过丁有撕裂感
给我时日,去看看上游
大雁南迁飘落的羽毛,浮在江面
把影子脱下来,挂在岸边的树梢
让秋风昼夜拍打

时光短笺

吹到脸颊的气流
刻下指纹,有野谷的新鲜,荡漾不散

窗烛下,阅读的信
纸已灰烬,而字迹清晰如初

秋露降在头上
凝结成霜,拒绝融化

一只,两只……仰头默数大雁南飞
待雁北回,很多人已杳无影迹

与仙鹤散步

我放弃了
热血吹动 与梦想者明亮地散步
一群云鬓朱唇的少女
仙鹤不会低下颈 云观

我们甚至没有在一棵大树下停留
做一次短暂的燃烧
像漫步云端 高度说出人群的微小
让我想起一个芭蕾舞演员

在琴盘上升起一团柔美的龙卷风
直逼尘世的苍穹
　"给我假设的翅膀"
　"生活中从来没有通往天堂的草茵之径"

黑月亮露出脊背
即使雷声逼近,我也不想回家
走着。走着。直至在生活中消失
身上长满羽毛,如月光一般

对一只鸟抒情

一只鸟浑身堆满雪花
她似乎毫无察觉纯洁的负荷
深入草滩做一次神秘访问
但她不说话,甚至拒绝聆听
独坐河边的人喃喃自语:
还来不及表达爱 恋人就已死去

她从石头跳到冰块上
顺水飘移,像一团曙光在黑中闪亮
在宁静中自身的重量消失。但她

庞大的身躯仿佛要把细瘦的脚压断
假如她落入水中
河流会带走许多紧随的人

长长的脚支撑两只硕大的翅膀
两片肺叶一对心房
看上去 她比人更高大
而她羽毛包裹的心房
不像让雪埋葬又不像准备飞翔
不像黑暗淹没又不像光明无边

一只鹰在空中静止

一只鹰要减轻重负
倒出胸腔里多余的凄厉之声
此时 它凭借什么在河流上空静止
而毫不惊慌。让我疑问：
这只鹰会不会掉下来？
猫会不会放弃捕捉的机会？
它的眼里集居一群盲人
守着河流 梦想诗意从水中涌现
梦想从流水中截留爱人的名字

你是否感觉气流的颠覆
盲人 尘世中唯一没有道路的鸟
青春散失何处？
悬在寂寞的最高处 是否危险
当我仰望 当我完成最后十四行
肺叶是另一种翅膀？

它是时间的另一盏灯？
是否耗尽最后一腔热情？
一个少年从河边空手而归

从黑暗到黑暗

我说今夜遭遇 黑暗上升的重量
双肩更沉 怎样的露水让我们仅存明亮的注视
堆积在爱中又是怎样的酸涩
羽毛啊 请把我带到黎明的边缘
深邃无边的蔚蓝就要在血中波动

鸟在枝头 从不相信有比它更高的天空
叶子遮住伤口。惊觉敏锐
使树枝获得飞翔的高度
如果我是枝头 它就是我复活中的爱!

闭息倾听 这寂静比哭声更撕人心肺
劈面而来的切割把我推向无所依援
体内只剩下空洞的钟声
我需要拥抱
只有拥抱才能抵御这场大风

一个人领着大风前进
后面紧跟一大群狂奔者
他们的盲目使大地猛烈震颤
啊!"何谓胜利,挺住意味着一切!"
爱着一切 如同爱着毁灭

为上饶广场雕塑而作

当一个人是喷泉
我要听你皮肤下的声音
听你心中滚动的雷
但请原谅 我的一生没有音乐久长
当躯体喷涌的不是水,而是火
纸上的盟誓!曾经的红唇!
我要么是灰烬要么是火焰的一部分
南风搀扶恸哭的人走向天边
如果喷涌的不是火,而是血液
一个干枯少年留下最后一滴诗句
在南风中破碎
只有你的美才能使他复活
如果喷涌的不是血液,而是一支歌
我要割下双耳交给你
纯银的月光巢居内心 相互碰响
但不要让我停止呼吸
不要让枝叶盖住我的唇
把云彩种到我胸脯上
当一个人什么都不喷涌
那是什么?

仙鹤

在郊区的雪地 仙鹤使天空澄明
一个天才少年想与她相依为命
除了一身羽毛,仙鹤什么也没有
她的洁白让人不敢靠近
仿佛她不能与雪地融为一体
仿佛她不是鸟,只是一个心灵的秘密

仙鹤在雪地上
引颈看天,比天才少年还高蹈
偶尔高歌几句
那么自信。把无人的郊区当作自己的庄园

更多的时候,仙鹤不语
似乎在倾听岁月逝去的风声
这个冬天,食物不多
但她把语言看得比食物更珍贵
仙鹤习惯了沉默
一个高傲的天才还不配与她在河边散步

更别说一并埋葬
她只听从美的派遣

大雪

你就是那个我想带回家的人
你独行在大雪之中,带来奇迹
带来消息
带来梅花
带来从不说出的忧伤

大雪很快覆盖了你的足迹
雪继续飘。天空从来都是轻浮的

你低着头,搓着冰冷的手
你眼神寡淡,大氅泛白
你从我身边走失

与友徐勇去罗桥横山看春天

古拱桥卧在溪水之上,山冈泛着枯黄
溪边野花盛开,青藤攀在香樟树
空气噼啪炸响,油菜花一浪叠一浪被风追逐
草径隐没,灌木林中鸟声恣意
一个采马兰头的老妪,拎着竹篮从田埂上走过
远远飘动蓝头巾,身影渐渐浓缩为墨点
天色渐晚,将沉的夕阳有些枯瘦
我久久不忍离去,无从相守却难以割舍

跋：

边写边消失

一

二〇一五年一月十日，在乌江酒店九楼，看窗外的乌江，看了整整一个下午。乌江穿城而过，柔碧，波澜不惊，机帆船三两只，溯江而上。这是第二次见识乌江。黔东，像一只斑纹瑰丽的豹子，偃卧在云贵高原。乌江是高原的一根琴弦。我喝着乌江水泡的高山茶，茶味苦涩甘甜。

乌江纵横千里。看似柔弱无骨，却气吞山河。它与诗歌是相仿的。当我们言说诗歌，事实上，是感觉到了诗歌在心里的流动，是流动感给了我们节奏、韵律和审美。诗歌大道无疆，尽可能地蜿蜒，山间盘旋。与一只苍鹰在空中的状态差不多。好的诗歌，必然有夹裹之势，表面平静却蕴含磅礴的力量。它流淌的姿势，是一层层的覆盖，一层层的堆叠，呈现给我们的，只是一个略有起伏感的波面。

二

诗歌有自己的规则。每一个诗人都有自己的规则，像大地的阡陌，像树叶的筋络，规则不相互重叠，但会相互交叉。但规则又不断地被打碎，打碎别人的也打碎自己的，形成新的规则。

规则就是方法论。方法论与诗人理解诗歌文本的深度有关。这与经验相关。

大诗人反规则，如耶胡达·阿米亥，如茨维塔耶娃，如约瑟夫·布罗茨基，如博尔赫斯。他们建立自己的诗歌帝国，他们是自己的王。

三

一个有高度艺术追求的人，必然有一个内宇宙。
有自己的轨道，有自己的发光体。
诗人也不例外。
形成内宇宙的人，是偏执的人，甚至失聪目盲。

四

小说，散文，戏曲，有常识。但诗歌反常识，反"是或不是"。
诗歌一旦形成常识，是危机的开始。所谓危机，是一个时代陷入机器化。诗人是解除锁链的人，而不是锻造锁链的人。

五

神秘的弄蛇人不是耍蛇，是驯服语言。弄蛇人契合了我对诗人形而上和形而下的双重理解。

六

诗歌和诗人是什么关系呢？

这个问题一直困扰我。我至今毫无答案。我不能说，没有答案就是答案。这是反逻辑。

诗歌是诗人的皮肤？不是。诗歌是诗人的血液？也不尽然。

我知道，久别重逢的恋人，会在河边的柳树下，缠绵，紧紧拥抱，两片唇在燃烧。这种燃烧感就是诗歌，热热的呼吸就是诗歌，酥酥的触摸感就是诗歌。

我知道，死人躺在旧年的房间里，眼睑闭合，射进窗户里的光蒙了灰尘，墙体散发腐肉的气味。这种冰凉感就是诗歌，漆黑的下沉的世界就是诗歌，即将腐烂的墙体就是诗歌。

诗歌通过什么，与诗人建立了隐秘的，相互言说的关系呢？是承载关系？是诗歌承载了诗人，还是诗人承载了诗歌？诗歌与诗人之间，有一条秘密的沟渠，相互通达，像两条河秘密地汇流。是诗人生育了诗歌，还是诗歌养育了诗人呢？我理解为，是诗人分泌了诗歌。

我问自己：诗是什么？答：诗就是蛇毒。

蛇毒是蛇毒腺分泌出来的一种液体。剧毒，含有神经毒素、心脏毒素、凝血毒素、出血毒素或多种毒素。比黄金贵重。

诗人也分泌这种液体。毒腺则是他（或她）或流离或多舛或伤逝的人生。

这种分泌物，它的品质如何，与墨水所含的血液比重成正比。

七

变，是写作中唯一不变的常数。变，不是割裂，不是摒弃，更不是为变求变。变，不是异化，不是戴上新面具。

变，是求更恒长，塑新形体，凝聚核体。变，是求更个性化的异质，给自己禀赋一种异质，是一个写作者贯穿一生的任务。

变从不变中来，它有自己的上游和源头。无论是一个诗人，还是一个流派，抑或一个时代的诗歌潮流，都是在一个脉络中裂变出来的。

有伟大的诗人是在废墟上站立起来的，有伟大的诗人是在大师时代肩膀上站立起来的，无论何种，都是站立起来的，不是横空出世的。

八

这是一个大师缺席的新世纪十五年。

我们呼唤大师。

但大师不是呼唤出来的。大师也不是自己可以孜孜以求出来的。

大师呼唤属于自己的时代。这样说，或许更为适合。

新世纪起始的十五年，诗歌界给我的失望远远多于惊喜。重新把这十五年梳理一遍，我视为瑰宝的诗歌有哪几篇？我视为瑰宝的诗人又是谁呢？下一个十五年已然开始，又会是怎样的面貌呢？一代又一代的诗人，被滔滔江水淹没。

九

乡村，是心灵的伊甸园。古典文学中所有的诗意在乡村中都有依托或有迹可寻。诗意乡村符合中国人的审美，也尽显我们的美学价值观。而现在的乡村，被水泥、农药、电力、塑料所消灭，被电视机、游戏机、麻将桌所吞没。楼房越来越高、汽车越来越多、精神越来越沙漠化。诗意的乡村已然结束。这是工业化的必然，我们虽然痛心，但必须去接受，就像接受最爱的人必然要死去一样。给乡村唱一首挽歌，挽歌怎么唱，需要我们用别样的眼神去挖掘，用个性化的体验去谱写。

当我们写乡村，仿佛只有炊烟、河滩、芦苇、薄雾，只停留在浅薄而又浓郁的抒情层面上，很难把触须伸入到更深土层的根系里。这二十年，乡村发生了根本的变化。发生变化的根本原因是什么？变化的过程怎么样？我们的诗歌在抒写时，往往缺乏在场问询的精神，缺乏哲学家的气度。以至于，写乡村的诗歌要么虚假要么矫情，缺乏足够的真诚。

真诚，是所有艺术最高贵的品质。一件作品，是否有足够的力量去征服读者，技术、语言都是表层的东西，相当于剃头匠的剃刀，能否把头剃好，取决于拿剃刀的手。让读者掩卷三思，或默然而泣，是隐藏在文字背后的真诚，有真诚才有细致、思想、血性、腕力。我们大部分诗人或作家，对乡村的了解还停留在"回忆"中、"淡淡的伤感"中、返乡省亲的"眼睛"中，而没有深入到生活的细胞里，没有把自己融入泥土的脾性里，对底层人命运的硬度、软度、酸碱度缺乏分析和梳理，那么作品所表现的力量就触及不到人，陷于平面化。

乡村意识，从传统的审美意义上讲，还是家园意识。现在大部分诗人或作家，在城市生活，在学院、机关、流水线上工作，在城市生活的时间可能超出乡村逗留的时间。在生活态度上，行为方式上，与乡村迥异。家园，更多的是精神上的认同，是心理上虚幻的依恋景象，这种形而上的潜在认识，对写作具有强大的暗示作用和推动作用，因此，作品所呈现的更具唯美、高蹈、幻象。没有根系的乡村诗歌写作，是边写边消亡。

德国诗人荷尔德林曾高声唱道："充满劳绩，然而人诗意地栖居在大地上。"这是乡村最后的挽歌。

十

我写作，是为了表明我对世界的一种态度。因此，我不赞成"灵感的重要性"说法。灵感是很神秘的东西，像神谕。长期写作的人，心里始终充盈一股元气。这种元气通过文字的气孔，喷发出来。

态度，是一种情怀，是一种姿势。那么，我们深入世界、认知世界、认知自我，我们的视角、温度、元气、气味是什么呢？怎么去表现呢？任何一种艺术形式的创造，都在表达创作者的世界观和人生观——也就是说，我是如何看待世界、如何看待人生？一个诗人，一个作家，一个艺术家，会有自己的一个哲学观。

哲学观发生变化，整个文本也将发生变化。

不断地写，是因为对世界有更多的认知，并把这种认知表达出来。

十一

风动我不动，潮涌我依然，对于一个写作的人来讲，这个太重要了。

十二

何谓诗意？

所谓诗意，不仅仅是美，不仅仅是抒情，而是一种爱的力量，是对人性的发问和拷打，是对生活审判的态度，是对命运的起诉。是对沉渣的打捞，是火在皮肤上蔓延，是生和死。是水井里的月亮。是青苔。是故去之人的足迹。是深深的时间之痛。是离别时最后的回眸。

十三

行到水穷处，坐看云起时。

水穷之处，正是行笔发力之处。

一首诗歌，有延绵的气势，不会产生断流。好诗，气韵绵绵；即使句子结束了，气韵仍不绝，如余音绕梁。

十四

诗歌有类别。但不要把自己分成类别。

类别就是剔除和遴选。写作的人,始终手里要有一个筛子,手不停地抖动,筛子不停地筛——这相当于风扇车,不停地扇,把糠灰吹走,把米粒留下。

十五

月亮也是一种星星,但我们从不称呼它星星。

繁星璀璨,雨滴一样挤挨在一起。但没有一颗星星是多余的,苍穹足够地浩瀚,让每一颗星星尽可能地发光。这和大地是一样的。

词语在写作中,也同样遵循这个原理。

十六

写作不是修辞学,也不是逻辑学。它与医学更相近:解剖,切除毒瘤,止血,上药,让一个病人尽快得以新生,或塑造一个新生命。

十七

语言的湿度。

情韵的温度。

空间的维度。

它们始终是写作的三个向度。

十八

用衰老的心态去写,以濒临死亡的心态去写。

我们要懂得自然的奥秘:太阳升起,步履匆匆,不为别的,只为快些落下山梁。